JN121821

詩集

荒野の眼

築山多門

土曜美術社出版販売

詩集　荒野の眼＊目次

第一章

第二章

第三章

カバー画／神無（カンナ）

詩集　荒野の眼

第一章

母の嘘

人は誰でも嘘をつく

あーあ　今日は失敗しちゃった
…………?　と僕
安藤さんがね　今年幾つになられたの
って聞くから　年を二つサバ読んだの
すると　干支は何でしたっけと聞くのよ
干支なんて考えてサバ読んだわけじゃないもの
そりゃ　焦ったわよ　結局バレちゃった

カレーの入った鍋を前にして
母は途方にくれていた
隣の弥生ちゃんから
母親の留守中に作ったカレーの味見を頼まれ
不味いのを我慢して　まだ子どもだからと
　案外いけるじゃない　美味しいわよ
とお世辞を言った
　じゃ全部あげるから食べて　と
鍋ごと押し付けられたという
小学校六年生の女の子にしてやられた母

父は戦後　公職追放となり無職が続いていた
母は大きな風呂敷包みを抱えて出かける

どこへ行くのと尋ねると　銀行と答える
ある時は　今日はご馳走よとはぐらかす
またある時は　涙を売りにと言う
それ以上尋ねてはいけないと背中が拒絶していた
小学校高学年になってやっと知った
質屋に行っていたのだ

母の嘘は可愛い嘘や哀しい嘘だった

星の子

中二の臨海学校は瀬戸内の小島だった　夕食後　クラスメイトはトランプやゲームに興じていたが　特に外出禁止の指示は出ていなかったので　ひとりで涼みに出た

上弦の月に導かれるように　浜辺に向かった　数人の女の子たちも　おしゃべりしながら散策していた　月光に照らされた白浜は幻想的で　潮騒はいつになく心を解放させた　悠久のリズムを繰り返し　寄せては返す絶え間ない波の音を聴いていると　胸奥から熱いものが湧き上がってくるのを覚えた　ぼくは生の根源を揺さぶる未知の感覚に戸惑っていた

ふと波打ち際に目をやると　蛍の群れが波間に漂っている　青く明滅する夜光虫は　流星かとも見紛い　夜空を見上げた
夜空には億兆の星がきらめき　南北に天の川銀河が流れていた　そこには永遠の時の流れと無辺の宇宙の広がりがあった　茫然と見入っていると　ケシ粒にもたとえようもない卑小で難破船のような自分がいた　ぼくは何者か　初めてともいえる根源的な問い　しかし突然の問いに　小さな自分は余りに捉えどころがなかった
明日かもしれないが　運に恵まれるならばあと五・六十年も生きて　やがてぼくは死ぬだろう　その時　ぼくには何が残されているのだろう　宇宙から見ればぼくは波間に漂う夜光虫のようにはかない　無価値の存在――
流星が一瞬の光芒を残して消滅するように　ぼくも青白く輝く清潔な何かを残したかった　たとえば一篇の詩　一首の歌　一枚の絵なんでもいい　ぼくの名前なんか残らなくていい　何か歴然とした

生きた証を　宇宙の創造主は　天空に瞬く無数の星々の一つ一つに
物語を与えているのだろう　そのおこぼれをぼくにも与えてくれないものか
ぼくは掌の星の子を　そっと波に戻した

革鞄

語るも恥ずかしい話である　それというのも　革鞄にまつわる話なので——罅の入った水晶体に納まった小さな記憶だ

親父はこの革鞄を何時頃から使用していたのだろう　戦前からであることは間違いない　とすると　少なくとも二十数年になる　私はその鞄を譲り受けて大学に通った　今どき　こんな鞄を下げて通学する学生はいない　当時としては珍しくなかったが　これほどの年代物は稀であった　握り革と底辺の四隅の革は剝げていたが　羽化はしないものの見た目にはまだ上等な品物だった　通学に恥ずかし

いという意識はなかった

講義が始まる前　廊下の長椅子に一人坐り　時間潰しに本を読んでいた　ページの上を窓越しの冬陽がチロチロと遊んでいた〈そこいいですか〉と女子学生が返事を待たず腰を降ろした　ふわりと健康な甘い香りがした　学科は違っていたが顔に見覚えはあった　目的は革鞄にあったらしく〈年代物の立派な鞄ですね　私のお祖父さんが持っていたものと似てるの　ちょっと触ってもいいですか〉

彼女は懐かしそうに鞄を膝の上に置き撫でていた〈やっぱりそう同じだわ　においも同じ　懐かしいわ〉私を向いてにっこり笑い遠慮がちに〈中　見てもいいですか〉ここで初めて私は〈どうぞ〉と返事　言葉の連珠は得意ではない　彼女は壊れ物にでも触るように鞄を開け　覗き込んだ　中には筆記用具と数冊の本だけだ　彼女

の視線は鞄そのものの革質や仕様にあるようだった
〈あら　やっぱりね　秘密の隠し場所があるはずよ〉鞄の裏面に添ったファスナーを開けると　更にその中の隙間に手をさし込み　何やら折り畳んだ数枚の古い用紙を取り出した　私の同意も得ずに開いて目にした瞬間〈あっ〉と小さく叫び　慌てて元のように折り畳んで鞄に返し〈ごめんなさい〉と言って　逃げるように立ち去った

私には何がなんだか分からなかった　鞄から件《くだん》の用紙を取り出し開いて見た　一目見て江戸時代に描かれたであろう　男女が絡み合う浮世絵の春画だった　さぞ彼女は驚いただろう　恥ずかしかっただろう　なんてことをしてくれたんだと親父を恨んだ

古稀を過ぎた今では思う　親父もやるもんだと　警察官だった親父

にとっては隠しておきたいものだったに違いない　男なら誰しも興味あるよねと　亡き父に語りかける私だった　性の方程式に解はないのだ

十年間　狭い我が家に居候を続けた革鞄は　冬季のソ連芸術祭参加旅行に随行して　その後　行方知れずとなった

ふる里

さようなら　なだらかな山なみ
その頂きの岩に立ち
遥か彼方のまだ見ぬ街々にあこがれた

さようなら　ぼくの部屋
机　椅子　万年筆　山積みされた書籍
ぼくの孤独は癒され　精神は鍛えられた

さようなら　初恋のひと

友だち未満で　言葉さえかけられなかった
友とさんざめく君の笑顔はまぶしかった

さようなら　お父さん　お母さん
淋しがらないで
先々の町や村で　絵葉書を出しますから

さようなら　数々の想い出
楽しいことも辛いこともあったけれど
前に広がる荒野は感傷を許さない険しい道

ありがとう　ふる里
長い放浪の旅に出たぼくに
君はいつも孤独な扉を叩く訪問者

一葉の写真

ここに一葉の写真がある

昭和三十年代末の木造校舎
文芸部部室の破れた窓ガラスから
顔を覗かせているひとりの高校生
当時としては珍しい長髪が眉にかかり
冷やかな眼差しはカメラの後ろに向けられていた
何ら形象を結ばないその目は
虚無の深さをはかっているようだ

そこには十九歳　受験を控えた私がいた
（私は高校入試に失敗し一年浪人していた）
高校最後の文化祭の後片付けが終わり
後輩が校舎を出て何げなく
窓にたたずむ私を撮った一葉の写真

あの頃
何をそんなに苦しみ悩んでいたのか
少年にありがちな恋などという
シャレた悩みではなかった
憧れの異性がいても声もかけられず
ただ遠くから見つめるだけのオクテな少年だった
人生に対する漠とした不安

自分が何者かわからなかった
人生の要諦は書物の中だけにあると頑なに信じたが
結局書物からは何も解は得られず混迷に沈んでいた

私の怖れは母から受け継いだ血の中にあった
幻視幻聴に悩まされ母の元から離れて
岡山大学医学部の近くに下宿した
夜ともなれば押し入れの中に隠れて
暗闇に膝を抱え両手で耳を塞ぎ
狂気に閉じ込められた青い炎を鎮めようとした
死すらも身近なものに思えていた

高校の裏の標高一七〇メートルの小高い操山《みさおやま》
放課後　毎日のように頂上の岩に腰掛け

一望できる駘蕩とした変化に乏しい岡山平野
その西に連なる中国山脈の遥か彼方を眺めていた
　　幾山河越えさり行かば寂しさの
　　　はてなむ国ぞ今日も旅ゆく
けふもまたこころの鉦をうち鳴らし
　　うち鳴らしつつあくがれて行く
牧水の歌を口ずさみまだ見ぬ異郷に憧れていた

半年後
東京の大学に進学した私は
四畳半の下宿の押し入れの中で
両耳に掌を押し当て呻くことになるが
自由な環境の変化によってほどなく幻覚は消え
大学生活に馴染んでいった

私が気に入っている写真だ
六十年経った今では
時代を生き延びた記念となるモノクロ写真

田舎者のアルルカン

二十歳になったばかりの私は　詐欺にひっかかるとは思ってもみなかった　詐欺師は新聞や小説の別世界のことだった　警戒心が希薄な　ボーとした田舎出の大学生だったのだ

――ちょっと学生さん　お得な掘り出し物があるよ　と　声をかけてきたのは土偶のように素朴で温かい笑顔　きちんと背広を着こなした青年だった　小型のバンから取り出したのは薄手の夏物らしい濃紺の背広　今と違って昭和四十年当時は　ディスカウントショップなどなく　背広は初任給ほどの高額だった

背広の製造元が火事の延焼にあって　洋服すべてが水を被った　その中で売り物になりそうなものを　激安で投げ売りしている　つまりは曰く付きの品物だった　その時この青年の視線が落ち着きなく周囲を警戒していたのは　私に特別な情報を洩らしているからと手前勝手な想像を巡らす能天気な私だった

家からの送金は二万円　下宿代を差し引くと　残りの一万一千七百円が生活費だった　当時　地方から上京している友人たちは二万五千から三万送金されていた　だからといって決して困窮しているわけではなかったが　その生活費の中から　青年の要求する金額から千円も値引きしてくれて三千円で買った

下宿の玄関で　大家のお婆さんにつかまり　買い得をした事の顛末

を話した　すると
――お前さん　本当に世間知らずだねえ　そんな見え透いた手に引
っ掛かるなんてさ　そのズボンを履いてしゃがんでごらんよ　すぐ
にお尻の縫い目がバリッと裂けるから
と言いながら　私の手提げ袋から背広を取り出し　ためしにと上着
のボタンを引っ張ると　簡単に千切れてしまった　本当に取れたこ
とにお婆さん自身も慌てて――あらら　後で付けてあげるよ　ごめ
んごめん
と謝りながらもじもじした　そのうぶな仕草が可笑しかったが　か
ろうじて笑いを呑み込んだ
苦い薬は胸に　背広は一度も袖を通さないままにゴミ箱に
私は哀しいアルルカン　今月の生活は苦しくなるなと思いながら
も　己の馬鹿さかげんを嗤《わら》わずにはいられなかった　青春という精

霊は　傷つきながらも気楽にチロチロと踊っているものなのだ

五十五年を経た今となっては　詐欺師の青年とお婆さんと私との情景には詩情すら覚える　時間は不純物を洗い流してくれ　哂《わら》いは咲《わら》いに変えてくれたのだ

目玉焼き

貧しい食事に木洩れ陽の射す瞬間がある
木洩れ陽にはやさしさといたみの味がする

最初に　器用に箸をあやつり
目玉焼きの白身だけを食べる
食事の最後に
きれいな満月を白いご飯の上に乗せ
箸先でチョンと割り
とろりとした黄身をご飯にまぜて食べ

――ああ美味しい
と　満足げに微笑む
終わりよければすべてよし
妻は好きなものは最後に取っておくのだ

この日も黄身を残していた
――ママ　いらないんだったら
　ボクにちょうだい
と　口より早く小学生の息子の箸が動く
妻も皿を押しやり取りやすくする
私は箸で息子の箸をはね除け
――駄目だよ
　お母さんは好きなものは
　最後に残しておくんだから

息子は決まり悪げに　ごめんなさいとつぶやく
――いいのよ　さあ気にしないで食べてね
　おいしそうに食べているのを見るのが
　ママには一番のごちそうだから
と　なおも皿を押しやる
息子は私の方をチラッと見て
箸を出そうとはしない
妻は私と息子を見て困ったように
皿を手元に引き寄せてる
今日は
――ああ美味しい　とは言わない
みんなちょっとほろ苦い目玉焼き

厄除け言葉

母は不思議とよく三が日に瀬戸物を割った
父は縁起が悪いと叱った
窮余の一策として思いついたのだろう
ある年　父の大切にしていた壺を割ったとき
　一年の厄除けになったわ　これで
　今年は家族みんな無事に過ごせるわ
単純な父は　なるほどと思ったのか
　形あるものはいつか壊れるサ
と鷹揚なところをみせた

妻は五十路を過ぎたころから
ヘバーデン結節という指の病気に罹った
第一関節が変形し瘤ができる
痛みをともない握力がかなり落ちた

あっ　またやっちゃった
　これで今日の厄落しね
両親の逸話を聞いていた妻は
さっそくこのセリフを借用
しかし今日はもう夕方だし
厄になるようなことは起きそうにない
しかもこのコーヒーカップはかなり高価な代物
これが災厄でなくて何だ　の言葉を呑みこむ

しばらくして
あなた　ごめんなさい
しょんぼりあやまる妻
　形あるものは壊れるサ
父を真似て鷹揚になぐさめる
　だってあのカップは
　二人で気に入って買ったものなのに――

かくして我が家から
揃いの器や皿が消えていくが
この厄除け言葉は両親が私たちに遺してくれた
大切なプレゼント

妻との会話

――あなた　チョット聞いて　聞いて　ご近所でね
妻の話は前置きが長い
楽しそうに目を輝かせて話す
話を聞きながら次第にイライラしてくる
ついにたまりかねて
――もういいから　要点を言いなさい
　結局何が言いたいんだ
話の腰を折られてちょっとしょんぼり
あわてて要点に入る

――お前はいつも前置きが長い
どうしていつもそうなんだ
要点を先に言ってから状況説明をすればいいんだ
妻は困ったようすで上目遣いに私を見る
――だって先に要点を話してしまうと
あなたはすぐに書斎に入ってしまうじゃない
一日のうちでほとんど会話ってないじゃない
私はあなたとお話ししたいのよ
そう言えばその通りで
食事時もテレビのニュース番組を見ているか
新聞を読んでいて会話はほとんどない
チクチクと傷む胸
私はさりげなく話題を逸らす
――なあ　川べりの桜が満開らしいよ

散歩にでも行ってみようか
妻の胸に風が渡り切り換えスイッチが入ったか
にっこり微笑む

散歩の景色

〈あら　あの蕗《フキ》　美味しそう〉
葉が一抱えもありそうな蕗の群落
私は言葉を失う
そう言えば　散歩の道すがら
川べりや休耕田に生えている芹《セリ》を見て
やはり　美味しそうって言ったっけ

かつて　香港から米日した少女歌手が
公園で彼女に近づいてきた鳩を見て

美味しそうって言ったとか
〈お前ねえ　放牧されている牛を見て
　美味しそうって思うのかい〉
彼女は首を傾げた
〈どういうこと？〉
何を言われたのかわからなかったらしい
私のイヤミは宙に漂い消えた

彼女は農家の生まれ
私は街中の家庭で育った
彼女は蕗を見て煮物やつくだ煮を
芹を見ておひたしや鍋物を連想するのかも知れない
私は料理された現物を見て

初めて美味しそうと思う鉄床《かなどこ》の頭だ

素材を吟味して料理を造る者と
受身で供された料理を食べる者との違いか
二人で散歩していても
見える景色はまったく違うのかもしれない

おやまあ　なんと

私の傍らを　脚がつむじ風のように
追い抜いて行く　私服姿の若い娘
ミニスカートのひかがみがまぶしい

身長は私より十センチは低いが
鹿の脚ほどにも伸びやかに
なんとまあ　颯爽と歩くことよ
とりわけ急いでいるようには見えないが
距離は開くばかり

小娘に負けてなるものかと
歩幅大きく　回転速度も上げて
追いつき追い越せとばかりに急いだものの
哀しいかな
老骨の短足は　アヒルの足どり
息を切らして立ち止まる

私の学生時代
つまり遥か遠い昔
若い女性たちは俯きかげんに
〈をみなごしめやかに語らひあゆ*〉
んでいたものだった
それが今では　心持ち顎をしゃくり

胸をそらし　さわやかに髪を靡かせて
自信に満ちて　闊歩している

私は時代の風を受け
まぶしげに視線を送り
微苦笑を交えながら
彼女に喝采を贈るのだ

＊　三好達治の詩「甃のうへ」より

火の鳥

孫の龍之介と真梨へ

ひとは自分の理想の前に
ひざまずくことほど幸せなことはない

純粋な理想
誇り高い理想
理想を駆け足で追求して挫折する
火傷してたじろぎ　来し方を振り返る

かくして　並み足で追求する勇気を得る
走れば周りの景色を見失う
振り捨てる物の中にこそ
成功の秘訣は隠れているものだ

忙しくも単調な日々は
理想を遠ざけ色褪せる
思考は停止し　日常に埋没する
忙しくても希求に燃える炎は
ガラクタの中から糸口を見出し
何色にも染まる発見に導く

少年少女たちの眼差しを
もう一度思い出してほしい

「宇宙船艦ヤマト」の雄姿にあこがれ
宇宙飛行士を夢見る少年
母親の愛読した「ベルサイユのばら」を
書庫から見つけ出し読みふけり
漫画家になりたいと夢を語る少女
雑木林でクワガタの雄を発見し
日がな一日　その動きを観察し飼育し
昆虫学者を志す少年

理想は火の鳥
燃え尽きて再生するように
理想は挫折を繰り返し再生する明星
その眼差しの輝きが大人になってもね！
明星がある限り　君の人生は輝いている

第二章

未完の美

それは
たどたどしい〈禁じられた遊び〉だった
譜面に目を凝らし
音符をひとつ一つ拾いながら
真剣に弾いているであろう姿
私は引かれるように音色の方に

レッドロビンの生け垣越しに
少年がギターを抱え

想像通りの眼差しで
爪弾いていた
弾きそこねてはまたおさらいして

この胸をひたす温かな感情
言葉を不用とする感覚の波動
まさしく　それは感動だった
技巧を超えた音律
未完の美しさ

絵画や音楽の完成された美に
私たちは息を呑み感嘆するのだが
とてもかなわない　と
巨峰を仰ぎ見るへだたりに

溜め息も混じるのだ

満開の桜の美しさもさることながら
花は蕾の可憐さ
風に舞い散る落ち葉のはかなさ
いずれも心をときめかす美しさなのだ

美は一様とは限らない
私たちの感性もひと色ではなく
彩り豊かに
奥行きもあるのだろう

留守番電話

妻と外食をして帰宅
居間でくつろいでいると
あなた　留守番電話よ
再生してみるね　と妻
意外にも女の子の声
小さすぎて聞き取れない
耳を澄ませて
ふたたび再生すると
――アキちゃん　今日はゴメンね

あした　また遊ぼうね
幼稚園児ほどの幼い声

妻とわたしは　顔みあわせ
しばらく　ことばがない
ふたりとも　我が子の幼い日々を
想いかえし　遠い目つき

——どうしましょう　この子
　電話したと思ってるわ
調べてみると
親が設定したのか非通知の表示
また　ふたりは
とりとめのない想いにふける

天使がくれた　ふいの贈りもの

シルクロードへのあこがれ

シルクロードへの旅は
あこがれだけで終わってしまった

そもそも西域へのあこがれは
いつから始まったのだろう
子どもの頃に読んだアラビアン・ナイトの
幻想的冒険譚に端を発しているのは間違いない
砂漠を旅する隊商　盗賊　半月刀　財宝
空飛ぶ絨毯　喧騒のバザール　管弦の調べ……

外に出て遊ぶことの少なかった少年は
自ずと空想の回廊に迷いこんだのだ

中学時代であったろうか
加藤まさを作詞の童謡「月の砂漠」に心惹かれた
　月の砂漠を　はるばると
　旅のらくだが　ゆきました
この歌詞から始まる曲は
金の鞍に乗った王子さまと
銀の鞍に乗ったお姫さまが
月夜の砂漠を駱駝に乗って
とぼとぼと砂丘を越えて行くという
なんとも幻想的で叙情性に溢れていた
これがシルクロードへのあこがれを

決定づけたのだ

壮年期に手にしたのが辻邦生の『時の扉』と
井上靖の『流沙』だった
共にオリエントの古代文明発掘調査を題材にした作品
エジプトやインカ・マヤなどの
発掘調査に興味があったわたしは
ページをめくるのももどかしく読みふけった
ややあって
平山郁夫の西域絵画に出逢った
とりわけ「楼蘭遺跡を行く」の
月下の砂漠を旅する駱駝の隊商図に
旅へのあこがれを募らせていった
古稀を半ば過ぎたいま

書斎には久保田早紀の「異邦人」が
音量を抑えたルフランで流れ
机上には再読途中の沢木耕太郎『深夜特急』の
シルクロード編が伏せられている
画集をめくると
パミール高原を行く隊商図　バーミアンの石窟図
ガンダーラ遺跡図　「絲綢之路天空」図などは
夜毎の夢の架け橋となった

深く椅子の背に寄り掛かり目をつむり
時をさかのぼる過客となる
沙交じりの乾いた風さえ感じられる
見はるかす砂丘の波
天を仰げば南北に流れる天の川銀河

月光に照らされた砂漠には二頭の駱駝の影
前の鞍には青年期の老人
後の鞍には若かりし頃の老妻
老人の口元には微笑みが浮かび
次第に夢の世界にいざなわれていった

無言劇

小気味よい何かを撲つ音
秋の陽射しが透明な
繁華街の坂道
思わず振り向くと
背広姿の上背のある男と
青いドレスの女
女はたぎる眼差しで
睨みつけていた
男は哀しみをたたえた

深い眼差しで見つめていた
左の頬を赤く染めて
若い二人の空間だけ
緊迫した静寂が支配していた
道行く人々は立ち止まり
この一帯の時間が凝縮して
止まってしまったようだった
私は目を離せないでいた
——感動していたのだ

あれから折にふれ
疑問の追憶にとらわれ
二人の幻影と対峙する
あの時なぜ　私は

あの場に釘づけになり
感動したのか
　前後を切り取った一瞬のドラマ
見つめ合う二人の眼差し
　緊迫した静寂
そうなのだ――
二人にとっては悲劇的であろうとも
或る人生の一瞬が
美しかったのだ
廃墟の円形劇場で演じられる
無言劇のように

時の船に乗って

皆様　年を取りますと
泉も涸れ
ロマンスの片鱗さえもありませぬ
淋しいかぎりでございます

夢に出てまいりますのは
過去の断片や日常の端切れ
とりとめ無いものばかりでございます
少年の日に夢見た空飛ぶ冒険や

少女との淡くも甘い出逢いなぞは
夢のまた夢

近頃　辺りが静まりますと
昼夜を舎《お》かず聞こえてくる音がございます
〝流れの調べ〟
とでも申しましょうか

空を渡る風の音がせせらぎのように聞こえます
それとも　星々が果てない宙《そら》を旅する
こおろぎが羽根を摺り合わせて啼くような音
いやいや　これは
時が流れる調べに相違ありません

過去から未来へと
足踏みしながら　ときには
たゆたいながら奏でる滅びの歌
そうなのです
滅びの序奏の〝時の調べ〟なのでございます

ソファに身を預け　目を閉じます
やがて　うつらうつらと時の船に乗って
記憶の奥底へとたどり迷いながら
忘却の霧の中へと彷徨っている
これはこれで至福のときなのでございますよ

格言

常識と思って疑わないことが　くつがえされる驚き
〝健全なる精神は健全なる身体に宿る〟
主旨は　勉強も大切だが　精神の入れ物である肉体をまず鍛えなさい　スポーツに励みなさいということであろう
この言葉に疑義を差しはさむ余地はない——と思っていた
二十五歳で脊髄小脳変性症で亡くなった『1リットルの涙』の作者　木藤亜也さんは

〈わたしにとっては心にズキンとくる言葉〉

と述べている　確かに先天的もしくは後天的病によって　身体が不自由になった者には　この格言は〈心にズキンとくる〉心ない言葉と受け止められるだろう　この言葉を裏返せば　健全な身体を持たない者は　健全な魂・精神を持つことはできないと言っているようなものだからだ

自分の意志を超えたところに　不自由な身体があるものにとってこの言葉にどれほど傷ついたことか　健常者であればこそ思いいたらなかった　格言の裏に潜む残酷さ

いや　健常者全般とは言うまい　馬齢を重ねた私の心が動脈硬化をきたしていたのか　もしくは生来　想像力が欠如していたのか　これまで私は　私自身が気付かないままに　障害を持つひとたちに心

ない言動をしてきたのかもしれない　きっとそうだ
私はふと考える　健常者　障害者という言葉そのものにも　健常者
からの差別意識が見え隠れしているのではないか——と

あなたは美しい

なぜ老いを隠すのだろう
なぜ美しく老いようと考えないのだろう

赤ちゃんの可愛らしいしぐさ
少年少女の青春を駆け抜けるまぶしさ
青年の潑剌とした晴れやかさ
壮年の悩みを突き抜けたたくましさ
各世代ごとに輝く人間が
老いて醜くなるはずがない

経験を積み重ねて出てくる味がある
年経た樫の木のなんと雄々しく立派なことか
平安の世から微笑を絶やさぬ
木彫り観音のなんと清々しいことか
老いには老いの美しさがある

老いてまで
唇を紅く刷かなくていい
白髪をピンクに染めなくていい
皺を隠して厚く白粉を塗らなくていい
皺の深さは艱苦を乗り越えた勲章
皺には優しく人を和ませるものと

怖がらせ遠ざけるものがある
和ませる皺は笑いから生まれる
怖がらせる皺は日々の不満から生まれる
皺の中からほっこりと笑った顔の
なんと可愛らしいことか

時の流れの速さに身をすすぐ
青壮年の時期を過ぎ
心のどこかに時の流れに身をゆだねるのは
老いの身の果報というもの
笑いを忘れずに過ごすならば
あなたは今のままで十分に美しい

そして　さようなら

長く生きると世俗の垢にまみれてしまう
洗ってもこすっても
積年の垢は落ちそうにない

常識という曖昧で時と所によって変わるもの
正義という立場によって異なるもの
法という権力者によって都合よく解釈されるもの
それらは身に纏えば鎧となり楯となる
振りかざすと剣となり肉を断つ

我々ではなく　私を守ってくれる
毛玉のように柔らかく暖かい信条はないものか
おそらくそれは　身体の垢を削ぎ落として
私という存在そのものから発見されるべきものだろう

目をつむり　耳を澄まし　時をさかのぼる
慈しみに溢れた母の声と幼児の甘えた泣き声
太古から続く寄せては返す潮騒
樹間を渡る風の調べ
天空にまたたく星々の語らい
時の流れと大自然に包まれていると
普遍の法則があることに本然と気づく

虚無の屍衣に抱かれる〈死〉だ
誰にでも平等に訪れ避けることができない
死から学ばなければならないのだ
死は生命を授かった者の刑罰でも祝福でもない
あるがままに受け入れるべき冷厳たる事実だ

いつ訪れるか解らない死を前にして学ぶことは
恐怖でも後悔でも　まして憎しみでもない
死よ　羅針盤よ　時の流れの船長よ
お前は最終の結末ではない
死も生命も受け継いでゆくべきものなのだ

そのために深淵に潜む必要な信念は
連綿と続く生命の系譜の一端にあって

私は独りではないという確信
生まれてきたことへの驚きと感謝
すべての生命をいつくしむということだ

そこで初めて言葉が深い意味を持つのだ
ありがとう　そして　さようなら

木苺の歌

風がまぶしい初夏
ぼくは木苺の歌を思い出せない
十四・五の頃は
はにかみながら歌っていた

今は誰もいない河原で
とげに刺された指に
赤い木苺を摘み取って
口に含んでは顔をしかめている

ぼくのささやかな感傷
甘酸っぱい木苺の味は
好きとも言えない奥手の少年を
夢想の世界に導いたものだった

みんな　みんな恥ずかしがり屋だった
みんな　みんな胸に炎を抱いていた
みんな　みんな主義や嗜好に囚われない
若年のアナーキストだった

壮年になり　老境を迎えて
みんな　みんな
木苺の味を忘れてしまった
ぼくはもう木苺の歌は歌わないだろう

線香花火

君の左手に手錠をかける
右手は希望に指先が届くように
君の左目に目隠しをする
右目は空の寡黙な青さが映るように
君の左耳を片手で覆う
右耳は生命ある者たちの哀しい歌が聴こえるように

君の左足に足枷を嵌める
右足は自由に青い鳥を探せるように

そして　君の唇を唇で塞ごうとして――
止める
上手に優しい嘘がつけるように

一瞬の永遠に願いをこめるも
たまゆらの線香花火
そよ風にさえも蝶は捕らえられない

偶感

（1）

カラスが哂った
飛べもしないくせに大空にあこがれ
智恵があると自惚れながら
結局　その智恵のために滅びようとしている
カア　カア　グフフ

（2）

世界中でキラーウイルスのために

数万トンもの人間が亡くなったそうだ
（「イワシ協同組合新聞」より）

（3）

ミツバチはスズメバチの襲撃に身を挺して闘う
本能のままに自らを犠牲にすることに
何も疑問を抱かない
赤子をコインロッカーに捨てる母親がいる
すでに人間の母親から母性本能は失われている
本能に例外はないのだ

（4）

俺はゴミ箱をあさる飢えた野良犬だ
だが　俺には空腹を満たす誇りがある

メシからクソの世話まで人間にやらせて
寝そべって媚びを売る犬モドキとは違うんだ
ウウ　腹が減ったがツマヨウジだ

（5）

無記名での他人への誹謗中傷
自分は無傷で他人を傷つける秘かな快楽
やがて　自分の精神も破壊する自傷行為
闇討ちに表現の自由はない　絶対にない

（6）

民主主義の黄昏どき
いつの時代にも独裁者は現れる
彼を支持する奴隷根性の者がいるからだ

目先の甘い蜜に惹かれ
民主主義を生贄に捧げて

(7)

紋白蝶が屋根を越えた
まだ見ぬ美しい花にあこがれて
あこがれに胸を焦がす青年は豊かだ
手垢にまみれた紙切れに
あこがれや希望は印刷されていない

(8)

生まれ出た時から
別離は約束されていたのだ
産声は喜びか　はた哀しみか

母親の涙は安堵か　はた予感か

第三章

モグラよ

モグラよ
おまえは　なぜ地上に出てきたのか
おまえも　光にあこがれたのか
まだ見ぬ世界にあこがれたのか

かつてはわたしもあこがれたものだ
しかし　成長するにしたがい
自然の美しさに心を奪われても
社会には失望することが多かった

あこがれは天使の翼を持ち
現実は肉食獣の牙を持っていた

モグラよ
おまえは
心の裡なる光の声に
騙されたのではないか
地上は
彩り鮮やかな光の饗宴
鳥は歌い　花は咲き
香りあふれる楽園だと

モグラよ
闇の中にも

思惟は自在に駆け巡り
視覚以外の感覚は
鋭敏に研ぎ澄まされているはずだ
喜怒哀楽はその内にあるのではないか

深海に棲む眼の無い魚も
漆黒の宇宙を旅する流星も
あこがれという幻想を抱くことなく
おのがじし　胸に光を灯しているのだ
モグラよ
いま一度　土中の闇に孤独を引き受けよ

鬼の目に涙

あなたは鬼の涙を見たことがありますか

子どものころ
　鬼は外　福は内
　鬼は外　福は内
いつの間にか
　鬼は内　福は外
と間違えて
父にひどく叱られた

今では　我が家は
　福は内ぃ～　鬼も内ぃ～
と豆を撒きながら
鬼も福といっしょに招き入れる

社会から疎外された者が
鬼になったのだ
出自や　肌の色
特異な才能の持ち主が
鬼と呼ばれたのだ

いつの時代も
鬼は差別されいじめられてきた

正義の刃をふりかざし
桃太郎に退治されてきた
アイヌや被差別部落の人たちのように

今では鬼はツノを隠している
それでも権力者は探し出し狩り立てる
さからう者や棄民された人たちを
鬼の目に涙
そうなのだ
鬼も涙を流すのです

歩く男

仮面をつけた街の片隅
痩せこけた頬に　憂いをたたえた瞳
喪失を記憶のよみがえりに撲たれ
果たすべき罪障を背負い
蹌踉と歩くひとりの男

男よ　荷をおろせ
その罪障はおまえだけのものではない

男はよろめき　街路樹にしがみつく
木は血流を早め
幹を震わせ　老いを深める
行き交う男女は気づかない
無視にすらあたいしない男

男よ　もうよい　休息せよ
その罪障はおまえの肩には重すぎる

男は目を上げ
ネオンきらめく光の驟雨にたじろぐ
焼けただれた肺腑から
洩れるは血の嗚咽
男はふたたび佇つ

歩きはじめる

男よ　それでも歩こうとするか
その罪障はあのお方も担われた
茨の道
行く手に待ち受けるのは
石もて追われる
十字架への道

本の探検へ

さあ　君たち
本の迷路を探検するといいよ
子ども向けのおとぎばなしや童話もいい
大人の読む難しい本でもいい

たとえば夏目漱石の
『吾輩は猫である』
ぼくは中学二年のときに初めて読んだ
とても面白かったね

夢中で一気に読んだものだ

大学三年の時　岩波書店から
漱石生誕百年記念で全集が出版され
第一巻配本の『吾輩は猫である』を手にした
読んでびっくりしたものだ
総ルビだったけれどとても難解だったんだ
大学生のぼくが時に辞書を引きながら読んだんだ

その時　不思議な気持ちにとらわれた
かつて中学生だったぼくが
この本の何を面白がり何に興味を抱いたのかと
理解して読んだとはとても思えなかった
しかし夢中になって読んだことははっきり覚えていた

今では思うんだ
中学生のときには　解らないところは飛ばして
解る箇所だけを目で追って楽しんでいたんだと
ことわっておくけど
この読み方が間違っているわけではないんだよ
これはこれで立派な読書方法なんだ

大学生の時に辞書を片手に読んだのは
かなり客観的な視点で読んだはずなんだ
本の内容以外にも
漱石独自の文体の特徴　本にこめた彼の意図
登場人物の人格造形
時代背景の考察などをね

探究精神旺盛な年頃だからね
しかしその姿勢には無我夢中で物語に没頭する
本来の読書の楽しみはなかったかもしれない

ただね
生涯のうちのある一時期
興味のある本を手当たり次第に
読み　没頭し　わくわくし
ああ　面白かったと
満足の溜め息をつくのはいい経験だと思うんだ
パソコンゲームも面白いだろうけれど
本は君の年齢と理解に応じて
宝物を与えてくれる宝石箱なんだよ
さらに言うならば

読書の楽しみを知っている者は
豊かなこころの王国の王様なんだよ

時代

鋭く時代と対峙した詩人は
ふるさとの馬を思い浮かべてつぶやく
〝お前の胴体の中で
じっと考え込んでゐたくなったよ＊〟
沈黙を強いられた時代だった
切れ味鋭い刃は危険であり
厳重に鞘におさめられていた

現在《いま》

ことばは束縛されず
自由に羽ばたいている
かくいう私も
ことばを詩誌に載せもする

するとどうだろう
活字になったことばは
紙面からふわりと
浮いてくるではないか
とりとめなく空中を浮游し
実体がない

大地の香りがし
ずっしりと手応えのある

料理の腕しだいで
主役にも脇役にもなり
味がしみて深まってくる
そんなことばを探しているのだが

おお　はしなくも
野焼きの煙が
ひとすじ立ちのぼり
青空に消えてゆく
無責任な時代のことばのように

＊　小熊秀雄の詩「馬の胴体の中で考えてゐたい」より

生きる

生垣の隙間からのっそりと現れた野良猫　私を認めるや　一瞬右前
脚を宙に止め　ゆっくりと下ろす　目脂《めやに》の溜まった　警戒心あらわ
な目付き鋭く　皮膚病で背中あたりがコブシ大に禿げたソバージュ
の毛並み　邪魔者を追い払うかのように喉の奥で　グルグルッと威
嚇した

草取りの手を休め　しゃがんだ姿勢のままノラを睨みかえす　逃げ
る素振りも見せない　互いの目を覗きこみ相手の意志を探る　ノラ
の眼が琥珀色に光る　すると　なんとノラが話しかけてきたではな

いか

〈お前は生きているのか〉と　私は暗示にでもかかったのか　当たり前のように応える〈もちろん生きている〉　重ねてノラは尋ねる〈しからば　お前のその生は充実しているか〉　私は自問するが　人間である私が充実していないなどと応えるのはシャクだ〈もちろん　充実しているとも〉　ノラは嘲笑う〈応えるのに間があったな　お前自身が気付いているように　お前の安逸を貪る生は　決して充実などしていない〉

多少の恥ずかしさを押し隠し　反撃を試みる〈ではノラよ　そう言うお前自身はどうなのだ〉　ノラは昂然と胸を張る〈オレ様の日々は　緊張と冒険と刺激に満ちている　ぬるま湯に浸かっているお前とは根本的に違うのだ〉〈何がどのように違うというのだ〉自ずと

私は詰問口調になる

〈オレ様の一日は腹を満たすことにある　そのために縄張りを巡回し　時には遠出をして餌をあさらねばならぬ　毎時毎瞬　オレ様の生存を脅かす敵対者や捕食者を警戒し　戦い　時には傷つき　眠るときでさえ休息などありはしない　これこそが生きるということなのだ〉　このとき私の踏みしめる大地にクレバスが走った　ノラは蔑むような憐れむような眼差しで　私に止めを刺す

〈飢えを満たすこと　生き延びること　日々考えることはそれだけだ　オレ様は生存のために生きているのだ　それなのにお前たちはどうだ　金や権力や愛といった際限のない欲望のために　齷齪と生きている　そして誇大な妄想を抱いて互いに殺戮を繰り返し　あまつさえオレたちの住めない惑星にしようとして　それを文明などと吐かしている　ケッ〉と傍らの繁みに痰を吐いた

私は反論する言葉もないまま　立ち去るノラの孤高の後ろ姿を呆然と見送った

ぼくが探し求めるもの

ぼくは何を求めたらいいんだろう
〝真・善・美〟っていうけれど
〝善〟ってなんだかまやかしくさい
教師　坊主って一段高い所から説教たれる
そのくせ陰ではこずるい小市民
あまねく宇宙を知ろしめす
神の存在は信じてもいいけれど
神の言葉の代弁者はしょせんは人間

人間だけにつごうのいい神なんて
とても信じちゃいらんない
ありんこや豚にだって
慈愛の眼をそそぐ神様はいるはずだろ
〝善〟を説くのは親だけで充分さ

〝真理〟って本当にあるんだろうか
〝真理〟はたった一つなんだろうか
お偉い哲学者のデカルトはすべてを疑った
自分の存在すらも疑って最後にいきついた答が
「我思う、ゆえに我あり」
ぼくはそこにも妥協があるように思うんだ
だって「思う」こと自体が
既成の考えじゃないだろうか

〝真理〟を〝真実〟に置きかえてみても
ひとりひとりの人間には
それぞれの真実があるような気がする
それを他人に押しつけるから争いが起きるんだ

最後に残った〝美〟
〝美〟は対象のなかに宿っているんじゃない
バラの花自身に美が宿っているんじゃない
そうだとしたら画家の描くバラの花は
みな同じようなバラの花になるはずだろ
そんな絵なんてヘドが出る
〝美〟はぼくの心に宿っているにちがいない
いま感動するバラの美しさと
十年後に見るバラの美しさは

きっとちがった美しさにちがいない
いま美しい君の輝きは
十年後ぼくにどう映っているんだろうか
ちょっとこわい気もするな
でも美しいと感動するのは
誰に教えられたのでも強制されたのでもない
ぼくが美しいと感じるものを
べつのひとはなんとも感じない
それって素晴らしい
なぜってぼくがその美しさを発見したんだから
ぼくはぼくだけの〝美〟を見つけようと思うんだ

仲間はずれの白い雲

沖縄を犠牲にして
ヤマトゥンチュの空はまぶしいほど明るい
フクシマを犠牲にして
東京は夜も煌々と光の氾濫

自分さえよければいいのサ
顔も知らないよその土地のヤツのことなんか
どうなろうと知ったこっちゃないヨ
心のつぶやきがあちらこちらで聞こえる

かつて沖縄は七百年近く続く独立国だった
温暖な気候に恵まれ
明日を思い煩うことなく暮らしてきた
今では日本国の県の一つに組み入れられ
米軍基地の負担にあえいでいる

かつてフクシマ以北は陸奥の国
勿来《なこそ》の関を境に蝦夷《えみし》の棲む
馬肥え緑濃く人情篤い土地柄だった
大和朝廷以来征夷の軍に蹂躙され
ヤマトに同化されつつ今も収奪は続く

八月の空にぽっかり浮かぶ

白い雲がひとつ
仲間外れの淋しさがただよう
まるでウチナーンチュの人たちのように
フクシマのいまだ帰還できない避難民のように

女の子　男の子

ホウホウ　ヘエヘエ　なんてこった
軽口を叩きながらも　眼は真剣

少女は口を「へ」の字に結び
少年を睨みつけている

やつの目の前で尻餅をついたんだって
雪解けで　さぞ　冷たかったろうな
それで濡れたスカート　どうしたの

ウフ　ウホ　オヒョヒョ

ひとの不幸がそんなに楽しいの
性格悪いわね
もう知らない
絶対口きかないからね

好きだから　からかってみたくなる
好きだからこそ　いじめたくなるんだ
好きだなんて　言えるわけない
男の子って　テレ屋なんだ
男の子って　冒険好きの夢想家なのさ
女の子には　優しくしてあげなくてはいけないの

女の子は　プライドが高く言葉の魔術師なの
女の子は　恋にあこがれるけれど現実家なの
だから　秘めた想いは蛍の光
冷たい炎に隠されているの

少年は　雨上がりの空に
虹をつかもうとし
少女は　大地に根ざした
花を摘みとろうとする

鳥の歌

むごい戦争がありました
それから七十有余年が経ちました
世界中で今も戦争が絶えません
人々は忘れることを学んでいるようです
ヒロシマもナガサキも夢まぼろしになりました
　私たちは心を痛めて眺めています

あやうい戦争がありました
ヒトと地球環境との果てない闘いです

たとえばチェルノブイリ　フクシマの原発事故
大気中に拡散された大量の放射性物質に
青い空も海も汚染され続けています
　私たち仲間の多くの種が絶滅しました

楽しい戦争がありました
今しも街は破壊され　ヒトは解体され
演説上手な詐欺師が大統領や総理になり
無人攻撃ジェットやＡＩロボットという
夢のような殺人機械が誕生しました
　私たちは哂って空の高みから眺めています

喜ばしい戦争がまもなく始まります
欲望を剝き出しにして

ヒトは互いに争い　闘い　殺し合い
やがて核のボタンを押してヒトは滅ぶでしょう
何百年何千年経っても何も学ばなかったのです
さあて　やっと私たちの地球という楽園です

荒野の眼

ユダヤの人々は国家再興まで
二千年を待たねばならなかった
クルド人・ウイグル人を挙げるまでもなく
かつては国家建設は民族の悲願
国家とは民族が団結する
血の組織体だったのだ

今では国家とは民族や人種の垣根を超えて
志を同じくする人々が建設する

民主主義国家であれば
主権は国民にあるはずなのだが
やがて国民の手から離れ
国家自身の論理に従い
自己肥大化していく

国家の尖兵たる軍隊・警察は
存亡の秋《とき》を迎えると国民を楯とし
守護するのは為政者・一部の特権階級　及び
虚像としての国家自身なのだ
有事の際には
国民は紙切れ一枚で戦場に送られ
拒否することは許されず
虚しく戦場に屍をさらすことになる

国民を護るのは国民自身
個人を護るのは個人自身
国家は常に国民が
荒野の鋭い眼となり
監視していなければならない
必要なものは平時の不断の懐疑的思索と
いざという時の決断と実行あるのみだ

平穏な昼下がりに

２０１６・12・16
初冬の空には白い雲が三つ　四つ
それがかえって澄明な青さを引き立てていた
枯れるものはすべて枯れ
椿の紅さが目にいさぎよかった

平穏な昼下がり
スマートフォンに飛びこんできたニュース

シリア　ダマスカスの警察署　トイレを借りに来た
7歳の少女　ベルトに装着された爆発物が遠隔操作
によって爆発　少女即死　警察官3名負傷

空飛ぶ鳥よ
草原を駆ける獣たちよ
おまえたちが羨ましい
私は彼らと同じ人間であることが恥ずかしい

戦士は起爆装置のボタンを押した手で
神に祈りを捧げたのか
なんと祈りを捧げたのか

ヒトが破滅の道をたどるならば

もっと美しく壊れてゆけないものか
たとえば
椿がポトリと落ちるように

祈り

小さな手は　差し伸べられた
神さまに向かって

骨に皮が張りついた手は
かすかに震え　揺れていたが
ほとりと　くずれた

空はかぎりなく青く
ひとすじ　ふたすじ

きらめく銀の尾を引いて
大地が燃えている
少年の祈りは届かなかった
大人にも
神さまにも

二〇二二年三月十六日記す

脱け殻

淋しさの
脱け殻ってあるんだ

散歩の道すがら
坂道を上り　小高い丘には
木立に囲まれた墓地が開けていた
ほのかな梅の香りが清々しい

墓地から古い町並みを見下ろすと

小振りな天守閣と大手門
半ば眠っているような城下町
煙突から真っ直ぐに白い一筋の煙

世界各地で紛争が続き
ミサイルが飛び交っているのに
同じ地球上の光景とは思えない穏やかさ
この光景こそが幻想なのか　と

風が吹くと木立の騒めきが
紛争地の子どもたちの泣き声に聞こえる
思わず雲一つない澄んだ空を見上げる
人間ってこんなにも悲しい存在だったんだ

苔むした墓の間をそぞろ歩くと
そこここに淋しさの脱け殻が
カサコソと音をたてる
また一歩　幻想の中へ踏み込んで

誰も気づかなかった

聞こえないか
女が子どもがすすり泣いている
ひび割れた壁の中から
黒く錆びついた大地の中から
黒焦げの木々の隙間から

聞こえないか
夫を父を母を呼ぶ声が
助けを求める声が

あなた死なないで　と訴える声が
怖い　痛い　と泣き叫ぶ声が

翼があれば
あの青く澄んだ空まで
翔けて行けるものを
ゆるやかな時の流れに乗って
戦争のない穏やかな大地へ

翼はあったのだ
天翔ける自由な翼が
その翼は傷つき羽根は毟られている
その翼は鎖に縛られている
その白い翼は赤く染まっている

聞こえないか
聞こえないよ
耳が塞がれているから
翼があれば
翼はないよ
自由は奪われたから
誰も気づかないうちに

鐘を鳴らそう

鐘が鳴っている
時鐘か
警鐘か
弔鐘か

鐘が鳴っている
心深くに響き合い
染み渡る
永久の別れを

弔うように

鐘が鳴っている
耳を塞ぐ者
涙を垂れる者
両掌を合わせる者
空を見上げる者
しかし
砲撃の音が
絶えることはない

鐘を鳴らそう
空を渡るさざ波のように
悲しみを乗せて

人の心に
人間の愚かさに
人間の心に潜む淋しさに
いまこそ
黙禱を捧げる時

二〇二二年八月二日記す

あとがき

私は妻と二人、平穏で幸せな生活を送っています。今のところ大きな借金はありません。貯蓄はわずか、年金で切り盛りしながらの生活は決して楽ではありません。子どもは二人。大学を出て社会人となっているため、後は本人次第。親としての役目は終わったと思っています。しかし傘寿も間近となり、心配事は絶えません。

いまさら何故このようなことを言うのかと言えば、世界は悲惨な現実に満ち溢れているからです。飢餓に苦しむ子どもの数は世界に数億人ともいわれます。気候変動による世界への影響は甚だしく、各国の為政者たちは北欧の少女の警鐘にも耳を貸さず、CO_2の減少は微々たるものです。

人を殺してはならないという絶対的禁忌さえないがしろにして、独裁者は核のボタンを片手に、隣国へ侵略しミサイルを撃ち込んでいます。世界では、民主主義国家よりも独裁国家の方が多く、民衆は声さえ挙げられず専制に虐げられ沈黙を強いられています。

我が国に目を向けましても政治の貧困は甚だしいものがあります。安倍・菅・岸田三代の首相によって民意は蔑ろにされ、国会は軽視され、三権も憲法もなきがごとくで、数によるごり押しで再び軍靴の音が近づきつつあります。東日本大震災の教訓も無きが如くに、地震国の上では原発が増設されようとしています。しかし、彼らだけを責めるつもりはありません。なぜなら彼らを選んだのは私たち多くの国民自身だからです。この現実から目を背けることはできません。

生きづらい世の中になったものですが、それでも息子や孫たちのために、少しでも生きていてよかったと思われる世の中を残してやりたいものと、大それた願いを抱いている次第です。

最後になりましたが、毎回お世話になっておりますが、この度も土曜美術社出版販売社主の高木祐子様にはご高配をいただき感謝にたえません。厚く御礼申し上げます。

二〇二三年八月

築山多門

著者略歴
築山多門（つきやま・たもん）

1945年8月7日、岡山県生まれ。
岡山県立朝日高校、早稲田大学教育学部国語国文科卒業。
詩集『流星群』『龍の末裔』『風の葬列』『かいぞく天使』
　『はぐれ螢』『夢を紡ぐ者』『時空を翔ける遍歴』
日本詩人クラブ会員
詩誌「ちぎれ雲」「いのちの籠」同人。

現住所　〒225-0025　神奈川県横浜市青葉区鉄町1099-5

詩集　荒野《こうや》の眼《め》

発行　二〇二三年八月七日

著者　築山多門
装丁　直井和夫
発行者　高木祐子
発行所　土曜美術社出版販売
〒162-0813　東京都新宿区東五軒町三―一〇
電話　〇三―五二二九―〇七三〇
FAX　〇三―五二二九―〇七三二
振替　〇〇一六〇―九―七五六九〇九
印刷・製本　モリモト印刷
ISBN978-4-8120-2782-0　C0092
© *Tsukiyama Tamon 2023, Printed in Japan*